LES TROIS CHIENS
DE
MADEMOISELLE LILI

TEXTE par — UN PAPA

DESSINS DE L. FRŒLICH

BIBLIOTHÈQUE
D'ÉDUCATION ET DE RÉCRÉATION

J. HETZEL & Cⁱᵉ 18 rue JACOB
PARIS

BIBLIOTHÈQUE DE MADEMOISELLE LILI

ET DE SON COUSIN LUCIEN

LES TROIS CHIENS DE MADEMOISELLE LILI.

COLLECTION HETZEL

70 DESSINS DE LORENTZ FRŒLICH

LES · TROIS · CHIENS

DE MADEMOISELLE LILI

ET DE MONSIEUR LUCIEN

PAR UN PAPA

BIBLIOTHÈQUE
D'ÉDUCATION ET DE RÉCRÉATION
J. HETZEL ET Cⁱᵉ, 18, RUE JACOB

PARIS

—

Tous droits de traduction et de reproduction réservés.

LES TROIS CHIENS DE Mlle LILI

I

L'autre jour, Lili et Lucien ont eu une grande surprise... Mirza, leur chienne, une gentille épagneule, avait, entre ses pattes, dans la corbeille où elle couche, un joli petit chien qu'elle allaitait.

Les deux enfants sont émerveillés de ce spectacle si nouveau pour eux. Mirza leur a laissé prendre et caresser son fils.

« Mais ses yeux sont fermés, il n'y voit pas ! s'écrie Lucien. — C'est vrai ! ajoute Lili ; si j'allais demander à la femme du jardinier ce que cela veut dire ? »

Et, sans plus attendre, la voilà partie. La jardinière a vite tranquillisé Lili.

« C'est l'affaire de deux ou trois jours, » lui explique-t-elle. A preuve, elle lui montre un petit chien de huit

jours dont la mère vient de mourir ; il a les yeux tout grands ouverts et remue la queue quand Lili le caresse.

« Pauvre petit orphelin ! dit-elle. Croyez-vous que Mirza l'adopterait ?

— Essayez, répond la brave femme. Vous pourrez venir le prendre demain si votre maman le permet. »

Pendant l'absence de Lili, le cousin Paul est entré pour lui dire bonjour. Lucien lui a soumis le cas, Paul a vite trouvé le remède. Il a pris les lunettes de son grand-papa et a voulu les ajuster au nez du jeune aveugle.

Mirza trouve que le jeu a assez duré. Elle réclame son fils.

LES TROIS CHIENS DE Mlle LILI

II

Le lendemain Lucien, revenant de la classe, longeait le quai de la rivière, lorsqu'il entend des cris plaintifs qui semblent venir du bord de l'eau; il se hâte de descendre sur la berge, et que trouve-t-il là? un malheureux petit chien se traînant à

peine et geignant de la plus lamentable façon. Lucien prend dans ses bras le pauvre animal et revient en courant à la maison. Au

même instant Lili, arrivait de chez la jardinière avec le petit orphelin. Mirza accueille sans rechigner les deux nouveaux venus. Elle les lèche et leur donne à téter comme à son propre fils. Puis, peu à peu, elle les habitue à boire dans la jatte de lait

que Lili a le soin de placer à leur portée.

Bientôt les trois petits frères ont pris des forces. Ils reconnaissent très bien leurs maîtres, et

lorsque Lucien, ses leçons sues, jouit de quelques heures de récréation, il n'a pas de plus grand plaisir que de mener à la promenade le gentil trio que Mirza ne quitte pas des yeux.

LES TROIS CHIENS DE Mlle LILI

III

Un des premiers soins de Lili et de Lucien a été de donner des noms

aux trois petits chiens. Le fils de Mirza a reçu celui de *Tape-à-l'œil*, le chien de la jardinière s'appellera *Black*, et le troisième, le chien trou-vé, répondra au nom de *Kiki*.

Ce sont de vrais dé-mons, tur-bulents, dé-sobéissants,

querelleurs. Ils ont eu déjà maille à partir avec un roquet du voisinage, — et même avec le chat de leur propre demeure, — qu'ils sont venus déranger au moment où, dans le grenier, il allait enfin

poser la griffe sur une souris guettée depuis une heure. Que de fois Lili est obligée de leur faire essuyer de force le plancher avec le museau avant d'obtenir

un peu de retenue chez ses élèves!... Aujourd'hui Lili a eu l'imprudence de laisser ouverte la porte de sa chambre. Quel nouveau méfait va y commettre le trio endiablé?

IV

Lili n'a pas été longtemps absente; lorsqu'elle remonte chez elle, un terrible spectacle vient frapper sa vue : les rideaux de son lit sont en loques, des lambeaux traînent de tous côtés sur le parquet. Et ces messieurs, Tape-à-l'œil en tête, ont l'air victorieux; ils sont évidemment très satisfaits de leur besogne. Black fait le beau — croyant sans doute avoir bien mérité un morceau de sucre — tandis que Kiki s'acharne à parachever la ruine du rideau.

LES TROIS CHIENS DE Mlle LILI

V

Honteusement mis dehors, le trio envahit la chambre de Lucien qui, lui aussi, a eu l'imprudence de ne pas

fermer sa porte. Les trois enra- gés assiè- gent la cage de Fifi. Ce- lui-ci, d'a- bord très effrayé, se réfugie sur le barreau le plus

élevé et, de là, nargue ses agresseurs qui cherchent un autre jeu. Tape-à-l'œil et Black s'en prennent à une bûche du foyer — qui n'a pas grand'peine à leur résister. Kiki a trouvé plus amusant de se jeter sur la poupée de Lili qui tenait société au pierrot de Lucien. Il lui a déjà

cassé un bras et arraché une jambe lorsque Lucien arrive. Au bruit de ses pas, Kiki s'es- quive et ce sont les deux autres qui payent pour lui. Car Lucien, ne voyant qu'eux,

et malgré leur air innocent, leur administre une volée avec le premier objet qui lui tombe sous la main.

VI

Lucien a couru auprès de sa tante porter plainte. Il rencontre là Lili, amenée par le même motif. La maman de

Lili écoute leurs do-léances et leur repré-sente que le malheur est un peu le résultat de leur né-gligence. Les en-fants, ré-duits à se taire par

cette juste remontrance, descendent trou-ver Jeannette la cuisinière. Ils la voient occupée à débarrasser la mâchoire de Kiki d'un tas de fils que Lili reconnaît provenir de la robe de sa poupée. Kiki était donc le seul coupable — et les innocents avaient payé pour lui.

Lucien et Lili font de leur mieux pour

réparer leur injustice in-volontaire. Tape-à-l'œil et Black sont vite conso-lés. Quant à Kiki, qu'on avait en-fermé dans le cellier pour le pu-nir, on lui a aussi par-

donné. Il se met de la partie comme si rien ne s'était passé.

VII

Le lendemain, Lili est réveillée de grand matin par un vacarme épouvantable qui semble venir de la pièce voisine de sa chambre. Elle saute à bas du lit et qu'est-ce qu'elle voit? la cage de son Fifi à terre, et les trois chiens menant à l'entour une joyeuse sarabande. Une

fois la cage remise en place et le petit oiseau un peu rassuré, — Lili déclare au trio qu'elle en a assez d'eux, et qu'elle va les mettre dehors dès qu'elle sera habillée.

Nos trois lurons trouvent la punition de leur goût, et les voilà courant de compagnie à travers champs, poursuivant les oiseaux. Cependant cette course échevelée leur a ouvert l'appétit; ils rentrent à la ville et se mettent en quête de leur déjeuner. — Leur odorat les conduit à la porte d'une cuisine; par malheur le cuisinier veille et les expulse.

Kiki, dans sa fuite, passe devant la boutique d'un charcutier très occupé à satisfaire sa clientèle matinale. Il en profite pour se servir lui-même; mais, à sa sortie, un gamin le voit et crie : « Au voleur!... » Kiki

ne se trouble pas pour si peu; il file tout droit devant lui sans abandonner la saucisse qu'il a pu saisir.

LES TROIS CHIENS DE Mlle LILI

VIII

Kiki a échappé à ses poursuivants, le voici arrivé dans un endroit désert où, espère-t-il, il va pouvoir se restaurer sans être dérangé. Hélas!

il n'a pas encore donné le premier coup de dent que deux chiens de mauvaise mine, attirés par le fumet de la saucisse, sont à ses côtés. Kiki gronde, montre les dents; il est tout de suite

roulé, mordu par l'un des deux chiens et contraint de déguerpir. Pendant cette courte lutte, le troisième larron s'est emparé de l'objet du litige et l'a croqué.

Son estomac criant de plus en plus famine, Kiki se préoccupe d'un nouveau déjeuner; il aperçoit bientôt une boucherie, il s'arrête, examine et jette son dévolu sur une magnifique côtelette. Mais le morceau est bien gros, et de plus, Kiki, blessé, épuisé, a perdu de son agilité, aussi est-il vite rattrapé par le boucher, qui reprend son bien et administre au voleur une juste correction. Honteux, mourant de faim, boitant, saignant,

le malheureux Kiki part, la queue basse, se demandant ce qu'il va devenir. Plusieurs chiens du quartier se sont lancés à ses trousses, et ils se disposent, sans doute, à lui faire un mauvais parti, lorsque deux enfants, venant à passer auprès de lui, semblent le prendre en pitié.

IX

Kiki a envoyé vers les deux enfants un regard désespéré; ceux-ci, sans s'alarmer des sourds grondements de la meute, relèvent la pauvre bête et lui prodiguent leurs caresses. Ils sont du reste à leur porte.

Une grille seulement à pousser pour être, eux et leur protégé, à l'abri de tout danger. Kiki engloutit en un clin d'œil une belle pâtée que le jeune garçon lui a

confectionnée. Il a ensuite docilement laissé laver et bander sa patte blessée. Puis, quand il a bien manifesté sa reconnaissance en léchant les mains de ses nouveaux amis, il s'est couché en boule et n'a fait qu'un somme jusqu'au lendemain matin. En se réveillant, Kiki s'est senti en appétit

D'instinct il s'est dirigé vers la cuisine. La porte en est entre-bâillée, personne n'est là. Des viandes

froides sont posées sur une étagère. Kiki ne peut les voir, mais son nez les devine. Il saute sur une chaise, de là sur la table, puis sur le buffet, d'où il prend son élan jusqu'à l'étagère; mais, soit faiblesse de sa patte malade, soit mauvais calcul, il manque son coup. Tout ce qui était disposé sur l'étagère, viande, vaisselle, bouteilles, dégringole avec un fracas épouvantable. Kiki ne sait plus où se fourrer.

X

Surpris par le fracas, le cuisinier et son aide sont accourus, et le mal-

heureux chien, en dépit de son agilité, n'a pu éviter la correction qu'il
méritait.

Le voici encore une fois dehors
— avec son estomac criant famine.
Comment le faire taire? Kiki file tout
droit devant lui et arrive à une grande
place où sont installées des baraques
de forains. C'est l'heure du déjeuner;
les cuisines en plein vent répandent
une odeur que notre affamé trouve
délicieuse. Il aperçoit un jeune saltimbanque achevant de déchiqueter
un os; il s'approche, et, par une
mimique expressive des yeux et de la
queue, manifeste son désir d'obtenir ce relief. Le gamin jette son os au
chien, mais au moment où celui-ci s'en empare, il se sent saisi entre deux

mains vigoureuses et emporté à l'intérieur d'une des baraques. Là, sans
même lui donner le temps de déjeuner, son nouveau maître entreprend
de le métamorphoser en chien savant.

XI

Kiki se creuse la tête pour comprendre ce qu'on attend de lui. Ce n'est pas l'intelligence qui lui manque, et l'espoir d'obtenir en retour un peu de nourriture la lui aiguise encore.

Son maître n'en est pas à son premier élève ; grâce à sa méthode, dans la même séance, Kiki, initié aux principes de l'école du soldat, est déjà capable de se tenir debout et au port d'armes. Ce n'a pas été sans quelques coups de baguette sur les pattes, mais à cela près, d'ici à une douzaine de leçons, Kiki sera de force à paraître en public.

XII

Le professeur semblait assez sa- | culièrement, vaut à Kiki de chaleu-

tisfait de son élève. Une fois pourtant, Kiki montra de l'humeur et fit mine de mordre. Mal lui en prit, car son maître le gratifia d'une telle dége-lée qu'il lui ôta pour toujours la tenta-tion de recommen-cer.

Enfin, le voici admis à faire ses débuts en public. Manège, exercices, sauts variés, tours, se succèdent et sont réussis à souhait. Le saut à travers les cerceaux, parti-

reux applaudissements et des rappels. Il faut dire qu'il prend plaisir à cet exer-cice, qui est pour lui un jeu. Ce qui lui agrée moins — et qui est même un supplice — c'est de servir de monture à un méchant singe qui, installé sur son dos, s'y livre à mille cabrioles, non sans lui tirer cruellement les oreilles et le houspiller de sa longue queue dont il se sert comme d'une cravache.

XIII

La représentation terminée, Kiki n'est pas encore au bout de ses succès... ni de ses peines, hélas!

Décoré d'une veste soutachée et d'une toque à plumes; un grelot pendant à l'extrémité de sa queue et qui tinte à chacun de ses mouvements; la hampe d'un drapeau retenue entre ses pattes de devant, et une sébile dans la gueule, il doit se tenir debout et faire la quête, chose importante. Son maître, baguette en main, se tient prêt à le rappeler à l'ordre au cas où il lui prendrait fantaisie, soit de se débarrasser de son incommode drapeau, soit de lâcher la sébile pour croquer un morceau de sucre offert par quelque spectateur.

Kiki s'acquitte à merveille de ce dernier travail; mais, en lui-même, il se jure bien que, s'il recouvre jamais sa liberté, il ne se laissera pas repincer dans une pareille galère.

XIV

Le public parti, artistes bipèdes et quadrupèdes se sont accordé un repos bien gagné.

Kiki profite de ce moment de détente dans la surveillance habituelle

pour prendre la clef des champs. Il n'a pu se défaire de sa défroque de saltimbanque; mais deux rôdeurs de sa race se lancent à ses trousses et ne le

quittent qu'après lui avoir arraché veste et coiffure. Kiki a eu, en somme, plus de peur que de mal. Toujours courant, il rencontre des enfants

en train de goûter. C'est une occasion d'utiliser à son profit personnel ses talents de quêteur. Bien restauré, Kiki accepte de jouer. Il rapporte les

pierres et les morceaux de bois qu'on lui jette. Un bâton est allé tomber au milieu de la petite rivière qui longe le chemin, Kiki entre bravement dans l'eau — se met à la nage — et revient triomphant, le bâton entre les dents.

LES TROIS CHIENS DE Mme LILI

XV

Vient à passer le comte de C..., propriétaire de la ferme sur laquelle travaillent les enfants. Séduit par la gentillesse et l'intelligence de Kiki, le comte l'adopte

et le ramène en ville avec lui. Il s'asseoit à une table de café, et, tandis qu'il se rafraîchit, Kiki tient du bout des dents la canne et les gants de son

maître. Un morceau de sucre sera la récompense de cette petite attention. Rentré chez lui, le comte appelle son groom et lui confie Kiki, en lui recommandant de le traiter avec douceur pour s'en faire un ami. Kiki quitte à regret son maître.

A la première sortie le groom a cru devoir s'armer d'un fouet; aussi Kiki prudemment se tient-il à distance.

A quelques pas de la maison, on

croise une dame qui, elle aussi, promène son toutou. Les deux chiens sont sans doute mal disposés — car les voilà qui se jettent l'un sur l'autre, se mordant à qui mieux mieux. — La dame pousse des cris de paon, tandis que le groom, silencieux, empoigne Kiki d'une main, et, de l'autre, lui inflige une roulée de coups de fouet. Pauvre... pauvre Kiki!...

LES TROIS CHIENS DE Mlle LILI

XVI

Échappé enfin aux mains de son tourmenteur, Kiki, après un instant d'hésitation, se décide à prendre la poudre d'escampette. Il a bientôt distancé le groom qui, de guerre lasse, renonce à la poursuite.

Jusqu'au soir. Kiki erre hors de la ville, en proie aux plus noires réflexions. A la nuit, le hasard l'amène au bord de la rivière. Les flots sombres l'attirent. Va-t-il être assez lâche — ou assez courageux — pour mettre un terme à sa misère? En cette minute suprême, les faits saillants de sa courte vie repassent devant ses yeux, — il revoit ses frères de lait Black et Tape-à-l'œil, — leur gentille maîtresse à tous trois... Non, il ne succombera pas à la tentation, — il les retrouvera et partagera de nouveau leur existence.

En ce moment des jappements joyeux le rappellent à la réalité, il se retourne et aperçoit à quelques pas, à la lueur d'un réverbère, deux vagabonds de son espèce qui, l'estomac sans doute mieux garni que le sien, font une dernière partie avant d'aller coucher tout près de là sur les marches d'un escalier. Il s'approche d'eux et est admis à passer la nuit en leur compagnie. Il se dispose donc, une fois de plus, à vérifier le proverbe : « Qui dort dîne. »

Quelle nuit agitée a passée le pauvre Kiki! Transi de froid, souffrant de la faim, il n'a pu s'endormir qu'au matin. Quand il se réveille, le soleil est déjà haut, et ses chauds rayons l'ont un peu réconforté.

Il s'agit maintenant de mettre à jour ses bonnes résolutions de la veille, et aussi de découvrir un relief quelconque. Kiki se met en quête de l'un et de l'autre à travers les rues de la ville. Il constate que son réveil tardif lui est très préjudiciable. Ses congénères, plus matineux que lui, n'ont rien laissé, — rien.

Kiki essaye d'entrer en conversation avec un lévrier errant et apparemment logé à la même enseigne que lui. Celui-ci ne l'écoute guère et poursuit sa route; il s'approche sans plus de succès d'un terreneuve, qui semble se promener pour son agrément.

Il s'adresse à un épagneul, qui accompagne son maître; mais celui-ci, à la vue de ce roquet de mauvaise mine, lève sa canne, d'un geste de menace que Kiki ne connaît que trop depuis quelque temps et auquel il obéit illico. Mais que vient-il d'apercevoir?... un élégant caniche noir, tondu à la dernière mode, moustaches et crinière frisées, panache à la queue, manchettes aux pattes, et avec cela un bon et doux regard, qui ressemble à s'y méprendre à celui de Black son frère de lait!

De son côté, le caniche a examiné Kiki. Après quelques secondes d'hésitation, nos deux amis se sont reconnus, et ils manifestent leur joie à leur manière par de bruyants et gais jappements.

LES TROIS CHIENS DE Mlle LILI

XVIII

Après les premiers épanchements, Black émet l'avis de regagner la maison; Kiki y trouvera de quoi se réconforter. C'est le plus pressé. Le récit des aventures viendra ensuite, et, à en juger par la mine du personnage, elles ne doivent pas être brillantes.

Kiki emboîte donc le pas derrière son ami, et les voici arrivés.

La petite porte qui donne accès dans la cour des écuries, celle par laquelle Kiki a décampé un beau matin, se trouve tout à propos entr'ouverte.

Baptiste, le vieux domestique, que Kiki a reconnu immédiatement, est occupé à balayer la cour ; il gronde amicalement Black de son escapade; puis, apercevant l'intrus, il le menace de son balai;

Black se livre à de telles démonstrations que Baptiste, intrigué, examine plus attentivement le nouveau venu, et, à son tour, il ne tarde pas à reconnaître Kiki ; mais, hélas!... combien changé!...

Baptiste, Kiki et Black s'embrassent à qui mieux mieux, — c'est pendant deux minutes une véritable folie.

Quand il a pu se dégager, Baptiste a couru à la cuisine préparer une copieuse pâtée, qui n'a fait que paraître et disparaître lorsqu'il l'a mise sous le nez de Kiki. Black s'est contenté d'y goûter.

Bien repu, Kiki s'est laissé docilement laver, peigner, frictionner par Baptiste; puis, couché sur une fraîche litière dans la niche de Black, débarrassé de tous soucis, et voyant l'avenir en rose, il se laisse aller au sommeil.

Enfin, réveillé, il voit devant lui son ami Black, qui, de son air le plus gracieux, lui présente un succulent os de gigot, obtenu de la cuisinière à son intention.

LES TROIS CHIENS DE Mlle LILI

XIX

Tranquillisé sur le sort de son ami, Black s'est mis à la recherche de Tape-à-l'œil. Il l'a bientôt découvert au seuil de la cuisine, sa place favorite, en train de se livrer aux douceurs de la sieste.

Tape-à-l'œil, réveillé en sursaut, commence par grogner. Pour le punir, Black, au lieu de lui communiquer l'intéressante nouvelle qu'il lui apportait, lui propose un tour de jardin. Tape-à-l'œil accepte sans enthou-

siasme et, au coin de la maison, il se trouve nez à nez avec son ancien ami, qu'il ne reconnaît pas. Kiki semble s'amuser beaucoup de l'effarement de Tape-à-l'œil, jusqu'à ce qu'enfin Black se décide à faire la présentation. Après

un échange de joyeux épanchements on convient d'aller tous trois souhaiter le bonjour au jeune maître. Celui-ci, enchanté de revoir ce pauvre chien auquel il s'était tant attaché, lui rend ses caresses et annonce au trio que, pour fêter le retour de Kiki, il y aura bombance. La promesse fut tenue. Après ce festin les trois amis se retirent dans la niche hospitalière de Black et s'y endorment comme des bienheureux qu'ils sont. On a écrit aussitôt à Mlle Lili, qui est en pension, pour lui annoncer le retour de l'enfant prodigue.

XX

De grand matin, le lendemain, Baptiste a procédé à la toilette des toutous; puis, ayant revêtu un costume de voyage, et rempli de victuailles une valise dont il passe la courroie sur son épaule, il donne le signal du départ.

« Sus, les enfants, on va se dégourdir. En route! » leur a-t-il dit.

Baptiste avait été chargé par ses maîtres de préparer la prochaine installation à la campagne pour les vacances des enfants.

La petite troupe marche d'un pas alerte, on est content de respirer le grand air, et le sac de Baptiste est bourré de victuailles qui ont si bonne odeur qu'on a hâte d'arriver pour se mettre à table.

LES TROIS CHIENS DE Mlle LILI

XXI

Qui eût pu prévoir l'accueil qui les attendait! Les chiens, à l'approche de la maison, ont couru en avant; Baptiste tout à coup les entend aboyer furieusement et les voit se précipiter à l'intérieur.

Que se passe-t-il? comment cette porte est-elle ouverte? Baptiste presse le pas et aperçoit les chiens aux prises avec deux hommes, deux voleurs certainement. L'un deux a pu se dégager, et, le couteau à la main, se jette sur le pauvre domestique, qui se gare de son mieux.

Tape-à-l'œil, sentant que ses deux amis peuvent se passer de lui pour tenir leur homme en respect, sort de la maison et court demander du secours à la ferme la plus voisine.

Des paysans arrivent aussitôt, armés de leurs fourches, et, se rendant maîtres des mal-faiteurs, ils déli-

vrent Baptiste. Malheureusement celui-ci a été grièvement blessé. Il ne peut s'en retourner à la ville. Alors il donne l'ordre à Black de partir prévenir les maîtres.

Très fier de la mission dont il est chargé, Black demande à ses deux amis s'ils veulent l'accompagner.

Les voilà tous trois en route pour la maison de leur maître, où ils arrivent fort avant dans la nuit, épuisés de fatigue et mourant de faim.

LES TROIS CHIENS DE Mlle LILI

XXII

Le maître, réveillé par leurs aboiements, a deviné qu'il avait dû arriver malheur à son vieux domestique. Il selle son cheval et part sans attendre le jour.

Heureux d'avoir été compris, nos braves chiens se restaurent comme ils peuvent, prennent un peu de repos, et, dès l'aube, retournent auprès de Baptiste.

Ils le trouvent couché, et, heureusement, hors de danger grâce aux soins dont il est entouré.

Cependant il dut garder le lit encore assez longtemps. Les trois amis ne le quittèrent pas un seul instant et le soignèrent, eux aussi, à leur façon.

Leur société fut une grande distraction pour le brave homme qui sans eux eût trouvé les journées bien longues.

Incapable, par suite de ses blessures, de reprendre son service, Baptiste a trouvé dans l'hôtel d'un ami de son maître, à Paris, à deux pas de l'Esplanade des Invalides, une place de concierge.

Il a emmené avec lui Kiki, Black et Tape-à-l'œil. Ils sont vieux aujourd'hui, mais toujours inséparables. Vous pourrez les voir plusieurs fois par jour, se promener de compagnie sur cette magnifique esplanade où ils sont choyés par les vieux soldats dont ils ont su gagner l'amitié.

FIN

33695. — PARIS, IMPRIMERIE LAHURE

9, RUE DE FLEURUS, 9

MAGASIN D'ÉDUCATION ET DE RÉCRÉATION

La première Série, tomes I à LX

ANNÉES 1864 A 1894

renferme comme œuvres principales :

JULES VERNE : L'Ile mystérieuse, Les Aventures du Capitaine Hatteras, Les Enfants du Capitaine Grant, Vingt mille lieues sous les mers, Aventures de trois Russes et de trois Anglais, Le Pays des Fourrures, Michel Strogoff, Aventures de Maître Antifer, P'tit Bonhomme, Le Château des Carpathes, Mistress Branican, César Cascabel, Famille sans Nom, Deux Ans de Vacances, Nord contre Sud, Un Billet de Loterie, L'Étoile du Sud, Kéraban-le-Têtu, L'École des Robinsons, La Jangada, La Maison à vapeur, Les Cinq cents millions de la Bégum, Hector Servadac. — J. VERNE et A. LAURIE : L'Épave du Cynthia. — P.-J. STAHL : La Morale familière (cinquante contes et récits), Les Contes anglais, La Famille Chester, Histoire d'un Ane et de deux jeunes Filles, La Matinée de Lucile, Le Chemin glissant, Une Affaire difficile, L'Odyssée de Pataud et de son chien Fricot, Maroussia, Les Quatre Filles du docteur Marsch, Le Paradis de M. Toto, La Première Cause de l'avocat Juliette, Un Pot de crème pour deux, La Poupée de Mlle Lili. — STAHL et LERMONT : Jack et Jane, La petite Rose. — STAHL et MULLER : Le nouveau Robinson suisse. — Jules SANDEAU : La Roche aux Mouettes. — Hector MALOT : Romain Kalbris. — VIOLLET-LE-DUC : Histoire d'une Maison. — Jean MACÉ : Les Serviteurs de l'Estomac, Le Géant d'Alsace, L'Anniversaire de Waterloo, Le Gulf-Stream, La Grammaire de mademoiselle Lili, Un Robinson fait au collège, La France avant les Francs, Les Soirées de Tante Rosy. — E. LEGOUVÉ, de l'*Académie* : Le Denier de la France, La Chasse, Le Travail et la Douleur, A Madame la Reine, Un Premier Symptôme, Sur la Politesse, Un Péché véniel, Diplomatie de deux Mamans, Leçons de lecture, Une élève de seize ans. — Victor DE LAPRADE : Petit Enfant, Petit Oiseau, L'Absent, Rendez-vous ! La France, La Sœur aînée, L'Enfant grondé, Le Livre d'un Père, etc. — MULLER : La Jeunesse des Hommes célèbres. — Lucien BIART : Aventures d'un jeune Naturaliste, Entre Frères et Sœurs, Monsieur Pinson, Deux enfants dans un parc. — S. BLANDY : Le Petit Roi, L'Oncle Philibert. — G. ASTON : L'Ami Kips. — Maurice BLOCK : Causeries d'Économie pratique. — BÉNÉDICT : Les Vilaines Bêtes, Le Noël des petits Ramoneurs, Les charmantes Bêtes, etc. — Gustave DROZ : Vieux Souvenirs, Départ pour la Campagne, Bébé aime le rouge. — LABOULAYE : Le Pacha berger. — P. LACOME : La Musique au foyer. — E. VAN BRUYSSEL : Histoire d'un Aquarium, Les Clients d'un vieux Poirier. — DICKENS : Histoire de Bébelle, Une Lettre inédite, Septante fois sept, L'Embranchement de Mugby. — H. FAUQUEZ : Paquerette, Le Taciturne, Souvenirs d'une Pensionnaire, etc. — A. GENIN : Le petit Tailleur, Marco et Tonino, Deux Pigeons de Saint-Marc. — P. NOTH : Curiosités de la vie des Animaux. — H. HAVARD : Notre vieille Maison. — P. CHAZEL : Le Chalet des Sapins, Riquette. — F. DUPIN DE SAINT-ANDRÉ : Les deux Tortues, Ce qu'on faisait à un bébé quand il tombait, Histoire d'une bande de Canards, La Vieille Casquette, etc. — A. DEQUET : Mon Oncle et ma Tante. — A. BADIN : Jean Casteyras. — E. EGGER, de l'*Institut* : Histoire du Livre. — A. LAURIE : Le Rubi. du grand Lama, Axel Ebersen (le Gradué d'Upsala), Mémoires d'un Collégien russe, Le Bachelier de Séville, Une Année de collège à Paris, Scènes de la vie de collège en Angleterre, Mémoires d'un Collégien, L'Héritier de Robinson, De New-York à Brest en 7 heures, Le Secret du Mage. — Dr CANDÈZE : La Gileppe, Aventures d'un Grillon, Périnette. — C. LEMONNIER : Bébés et Joujoux. — J. LERMONT : Kitty et Bo, L'Aînée, Les jeunes Filles de Quinnebasset. — Th. BENTZON : Geneviève Delmas, Contes de tous les Pays. — E. DIENY : La Patrie avant tout. — C. LEMAIRE : Le Livre de Trotty. — G. NICOLE : Le Chibouk du Pacha. — GENNEVRAYE : Marchand d'Allumettes, Théâtre de Famille, La petite Louisette. — BERTIN : Voyage au Pays des Défauts, Les deux côtés du Mur, Les Douze. — P. PERRAULT : Pas-Pressé, Les Lunettes de Grand'Maman, Les Exploits de Mario. — B. VADIER : Histoire d'une poupée, Blanchette, Comédies et Proverbes. — I.-A. REY : Les Travailleurs microscopiques. — RIDER-HAGGARD : Découverte des Mines de Salomon. — GOUZY : Voyage au Pays des Étoiles, Promenade d'une Fillette autour d'un Laboratoire. — BRUNET : Les Jeunes Aventuriers de la Floride. — ANCEAUX : Blanchette et Capitaine. — ANDRÉ VALDÈS : Le Roi des Pampas. — Alf. RAMBAUD : L'Anneau de César. — DENOUSSANNE : Jasmin Robba. — CHATEAU-VERDUN : Monsieur Roro. — M. BARBIER : Bempt. — MARSHALL : Jack (Histoire d'un éléphant). — Une grande Journée, Plaisirs d'hiver, Pierre et Paul, La Chasse, Les petits Bergers, Mademoiselle Lili à Paris, Les Frères de Mademoiselle Lili, La Mère Bontemps, Papa en Voyage, La Vocation de Jujules, par UN PAPA.

Les petites Sœurs et les petites Mamans, Les Tragédies enfantines, Les Scènes familières, textes de P.-J. STAHL.

Nouvelle série. — Années 1895 et 1896

Œuvres principales parues :

JULES VERNE : L'Ile à hélice, Face au drapeau, Clovis Dardentor. — ANDRÉ LAURIE : Atlantis, l'Écolier d'Athènes. — GENNEVRAYE : Les Petits Robinsons du Rocher. — AIMÉ GIRON : La Famille de la Marjolaine. — NEUKOMM : Les Normands en Amérique en l'an mille. — P. PERRAULT : Ma sœur Thérèse. — TH. BENTZON : La Rose blanche. — Contes, nouvelles, scènes enfantines diverses.

Illustrations par ATALAYA, BAYARD, BENETT, BECKER, CHAM, GEOFFROY, L. FRŒLICH FROMENT, LAMBERT, LALAUZE, LIX, ADRIEN MARIE, MEISSONIER, DE NEUVILLE, PHILIPPOTEAUX, RIOU, G. ROUX, TH. SCHULER, etc., etc.

(1ᵉʳ Âge)

ALBUMS STAHL IN-8° ILLUSTRÉS

Il y a des lecteurs qui ne sont pas hommes encore et à qui il faut des lectures et des images pour leurs premières curiosités. Ce public innombrable et frèle n'a pas été oublié. Les *Albums Stahl* leur donnent de piquants ou de jolis dessins accompagnés d'un texte naïf. La naïveté est celle qu'un ingénieux esprit, comme Stahl, peut offrir. Elle a ses malices légères et sa gaieté tendre. Les dessins ont de la fantaisie dans la vérité. Bégayements heureux, rires argentins, ce sont là les effets que produisent ces albums caressants. Il y a beaucoup de gros livres et de travaux ambitieux qui n'ont pas la même utilité.

GUSTAVE FRÉDÉRIX. (*Indépendance Belge.*)

FRŒLICH

† Les trois Chiens de Mˡˡᵉ Lili.
Maman en voyage.
La Vocation de Jujules.
La Mère Bontemps.
Papa en voyage.
Une grande journée de Mˡˡᵉ Lili
Mˡˡᵉ Lili aux Champs-Élysées.
Mˡˡᵉ Lili à Paris.
Jujules le Chasseur.

Les petits Bergers.
Pierre et Paul.
La Poupée de Mˡˡᵉ Lili.
La Journée de M. Jujules.
L'A perdu de Mˡˡᵉ Babet.
Alphabet de Mˡˡᵉ Lili.
Arithmétique de Mˡˡᵉ Lili.
Cerf-Agile.
La Fête de Mˡˡᵉ Lili.

La Grammaire de Mˡˡᵉ Lili.
(Texte par J. MACÉ.)
Journée de Mˡˡᵉ Lili.
Les Caprices de Manette.
Les Jumeaux.
Un drôle de Chien.
La Fête de Papa.
Le petit Diable.
M. Jujules à l'école.

L. BECKER . . . . L'Alphabet des Oiseaux.
— . . . . L'Alphabet des Insectes.
DETAILLE . . . . Les bonnes Idées de Mademoiselle Rose.
FATH . . . . Le Docteur Bilboquet.
— . . . . Jocrisse et sa Sœur.
FROMENT . . . . † Michel et Suzon.
— . . . . Petites Tragédies enfantines.
— . . . . Nouvelles petites Tragédies enfantines.
— . . . . Le petit Acrobate.
— . . . . Le petit Escamoteur.
— . . . . Scènes familières.
— . . . . Nouvelles Scènes familières.
GEOFFROY . . . . Le Paradis de M. Toto.
— . . . . L'Age de l'École.
— . . . . Proverbes en action.
— . . . . Fables de La Fontaine en action.
GRISET . . . . La Découverte de Londres.
HUMBERT . . . . Le Roi des Pingouins.
JUNDT . . . . L'École buissonnière.
LALAUZE . . . . Le Rosier du petit Frère.
LAMBERT . . . . Chiens et Chats.
MEAULLE . . . . Petits Robinsons de Fontainebleau.
PIRODON . . . . Histoire de Bob aîné.
SCHULER (TH.) . . . . Les Travaux d'Alsa.

ALBUMS STAHL IN-8° ILLUSTRÉS

FRŒLICH

Voyage de Mˡˡᵉ Lili autour du monde. 🟆 Voyage de découvertes de Mˡˡᵉ Lili.
La Révolte punie.

CHAM . . . . Odyssée de Pataud.
FROMENT . . . . La Chasse au volant.
GRISET (E.) . . . . Pierre le Cruel.
SCHULER (T.) . . . . Le premier Livre des petits Enfants.

LES CONTES DE PERRAULT
Illustrés de 40 grandes compositions de Gustave DORÉ
1 volume in-4°, cartonnage riche.

Bibliothèque d'Éducation et de Récréation

QUELS souvenirs agréables et charmants ce titre général ne rappelle-t-il pas aux hommes jeunes d'aujourd'hui, à ceux qui entraient dans la vie au moment même où une révolution complète s'opérait, en leur faveur, dans la littérature! Car il n'y a pas beaucoup plus de vingt ans que les jeunes gens lisent, c'est-à-dire qu'ils ont des livres conçus pour eux, écrits pour eux, et dont le succès est tel qu'on n'aurait pas osé l'attendre.

« C'est une innovation que l'introduction de la lecture dans les plaisirs de la jeunesse. Elle date presque d'hier : mettons vingt ans, c'est tout le bout du monde. Pendant ces vingt années, l'éditeur Hetzel a su publier 300 volumes de premier ordre.

« Le titre trouvé par l'éditeur constitue à lui seul un programme : ÉDUCATION et RÉCRÉATION. Et, en effet, tout est là. Ces beaux et bons livres instruisent et ils amusent. »

VOLUMES IN-8º CAVALIER, ILLUSTRÉS

VOLUMES IN-8° RAISIN, ILLUSTRÉS

LA VIE DE COLLÈGE

dans tous les Temps et dans tous les Pays

ANDRÉ LAURIE

M. FRANCISQUE SARCEY a consacré à chacun des livres qui composent cette série une étude spéciale.

« Notre ami Hetzel, écrivait-il au mois de décembre 1885, a commencé une collection bien curieuse et dont le titre générique suffit à indiquer l'intérêt. Chaque année, il paraît un volume qui nous transporte dans un pays différent. Il y a quatre ans, nous étions en France ; l'année suivante, on nous a menés en Angleterre; l'an d'après, en Allemagne. L'ensemble des volumes dont cette série doit se composer formera une étude assez complète des divers systèmes d'éducation suivis par chaque nation.

« Tous ces volumes partent de la même main; ils sont de M. André Laurie, qui me paraît être un universitaire fort au courant des questions pédagogiques, et qui n'en est pas moins un conteur agréable et un écrivain élégant. C'est chaque année un régal attendu par moi de recevoir et de déguster son volume. »

FRANCISQUE SARCEY.

LES ROMANS D'AVENTURES

A PROPOS de l'Épave du Cynthia, M. Ulbach écrivait les lignes suivantes :
« La collaboration de MM. Jules Verne et André Laurie ne pouvait être que féconde. La science de l'un, l'observation de l'autre, les qualités littéraires des deux collaborateurs font de ce livre un des plus émouvants de la collection nouvelle. »

Volumes in-8° illustrés (SUITE)

« Il y a peu de livres plus nourris de faits, plus substantiels, et d'un intérêt mieux soutenu que l'*Épave du Cynthia*, » a écrit M. Dancourt dans la *Gazette de France*.

« Plus sombre, plus terrible est l'*Ile au Trésor*, roman popularisé en Angleterre par des milliers d'éditions, et dont la maison Hetzel s'est assuré le droit de traduction exclusif. On raconte que M. Gladstone, le grand homme d'État, rentrant chez lui, après une séance agitée, trouva, par hasard, sous sa main, l'*Ile au Trésor*, de Stevenson. Il en parcourut les premières pages et il ne quitta plus le livre qu'il ne l'eût achevé. C'est que ces premières pages sont un chef-d'œuvre d'exposition mystérieuse, d'attractions captivantes... »

LEGOUVÉ (E.) (de l'Académie française). Nos Filles et nos Fils.
— . . . . La Lecture en famille.
— . . . . Une Élève de seize ans.
— . . . . Épis et Bleuets.
MACÉ (JEAN) . . . . Histoire d'une Bouchée de Pain.
MALOT (HECTOR). . . . . . . Romain Kalbris.
NEUKOMM (EDMOND). . . . . Les Dompteurs de la mer.
NOUSSANNE (H. DE) . . . . . . Jasmin Robba.
PERRAULT (P.). . . . . † Ma sœur Thérèse.
RATISBONNE (LOUIS) . . . . ☿ La Comédie enfantine.
SANDEAU (J.) (de l'Académie française). La Roche aux Mouettes.
— . . . . ☿ Madeleine.
— . . . . Mademoiselle de la Seiglière.
— . . . . La petite Fée du village.
ULBACH (L.). . . . . Le Parrain de Cendrillon.
VALDES (ANDRÉ). . . . . Le Roi des Pampas.

ŒUVRES de P.-J. STAHL

☿ Contes et Récits de Morale familière.
Les Histoires de mon Parrain.
☿ Histoire d'un Ane et de deux jeunes Filles.
☿ Maroussia.

☿ Les Patins d'argent.
☿ Les Quatre Peurs de notre Général.
Les Contes de l'Oncle Jacques.
Les Quatre Filles du Docteur Marsch.

STAHL a voulu enseigner familièrement la morale, la mettre en action pour tous les âges. De chacun des livres de Stahl se dégage une morale présentée avec toute la séduction et cette forme spirituelle qui donne à la fiction les apparences de la réalité.

Peu d'hommes ont plus et mieux fait pour la jeunesse, qui lui doit sa libération littéraire.

Ch. CANIVET. *(Le Soleil.)*

TOLSTOI (COMTE L.) . . . . . . Enfance et Adolescence.
VIOLLET-LE-DUC. . . . . Histoire d'une Forteresse.
— . . . . Histoire de l'Habitation humaine.
— . . . . Histoire d'un Hôtel de Ville et d'une Cathédrale.

Volumes grand in-8° jésus ou colombier, illustrés

BIART (L.) . . . . Don Quichotte *(adaptation pour la jeunesse).*
— . . . . Les Voyages involontaires *(Monsieur Pinson, Le Secret de José, La Frontière indienne, Lucia Avila).*
CLÉMENT (CH.). . . . . Michel-Ange, Raphaël, Léonard de Vinci.
ERCKMANN-CHATRIAN . . . . Romans nationaux.
— . . . . . Contes et Romans populaires.
— . . . . . Contes et Romans alsaciens.
— . . . . . Histoire d'un Paysan.
GRANDVILLE . . . . Les Animaux peints par eux-mêmes.
LA FONTAINE . . . . Fables, illustrées par EUG. LAMBERT.
LAURIE (A.). . . . . Les Exilés de la Terre.
MALOT (HECTOR) . . . . ☿ Sans Famille.
MAYNE-REID. . . . . Aventures de Terre et de Mer.⎱ Ces deux ouvrages se vendent aussi
— . . . . Avent. de Chasses et de Voyages.⎰ réunis en un fort volume.
MOLIÈRE. . . . . Théâtre. Édition SAINTE-BEUVE et TONY JOHANNOT.
RAMBAUD (ALFRED) . . . . . . ☿ L'Anneau de César.
STAHL ET MULLER. . . . . . . Nouveau Robinson suisse.
VERNE (J.) ET LAVALLÉE. . . . Géographie illustrée de la France.

Jules Verne

VOYAGES EXTRAORDINAIRES

† Face au drapeau.
† Clovis Dardentor.
L'Ile à hélice.
Mirifiques Aventures de Maître Antifer.
P'tit Bonhomme.
Claudius Bombarnac.
Le Château des Carpathes.
Mistress Branican.
César Cascabel
Famille sans Nom.
Sans dessus dessous.
Deux ans de Vacances.
Nord contre Sud.
Un Billet de Loterie.
Autour de la Lune.
Aventures de trois Russes et de trois Anglais.
Aventures du capitaine Hatteras.
Un Capitaine de quinze ans.
Le Chancellor.
Cinq Semaines en ballon.
Les Cinq cents millions de la Bégum.
De la Terre à la Lune.

Le Docteur Ox.
Les Enfants du capitaine Grant.
Hector Servadac.
L'Ile mystérieuse.
Les Indes-Noires.
Mathias Sandorf.
Le Chemin de France.
Robur le Conquérant.
La Jangada.
Kéraban-le-Têtu.
La Maison à vapeur.
Michel Strogoff.
Le Pays des Fourrures.
Le Tour du monde en 80 jours.
Les Tribulations d'un Chinois en Chine.
Une Ville flottante.
Vingt mille lieues sous les Mers.
Voyage au centre de la Terre.
Le Rayon-Vert.
L'École des Robinsons.
L'Étoile du sud.
L'Archipel en feu.

L'œuvre de Jules Verne est aujourd'hui considérable. La collection des *Voyages extra-ordinaires*, que l'Académie française a couronnés, se compose déjà de trente-deux volumes (contenant 44 ouvrages), et tous les ans Jules Verne donne au *Magasin d'Éducation et de Récréation* un roman inédit.

Ces livres de voyage, ces contes d'aventures ont une originalité propre, une clarté et une vivacité entraînantes. C'est très français.

CLARETIE.

Découverte de la Terre

3 Volumes in-8°

Les Premiers Explorateurs. — Les Grands Navigateurs du XVIII° siècle.
Les Voyageurs du XIX° siècle.

Ces trois ouvrages se vendent aussi réunis en un seul volume.

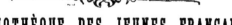

BIBLIOTHÈQUE DES JEUNES FRANÇAIS

Volumes grand in-16 colombier

ERCKMANN-CHATRIAN. Avant 89 (*illustré*).
BLOCK (M.). *Entretiens familiers sur l'administration de notre pays.*
La France. — Le Département. — La Commune.
Paris, Organisation municipale. — Paris, Institutions administratives. — L'Impôt. — Le Budget
— L'Agriculture. — Le Commerce. — L'Industrie.
Petit Manuel d'Économie pratique.

PONTIS. . . . . Petite Grammaire de la prononciation.
J. MACÉ. . . . . La France avant les Francs (*illustré*).
MAXIME LECOMTE . . . . . La Vocation d'Albert.
TRIGANT GENESTE. . . . . Le Budget communal.

Bibliothèque illustrée de Mademoiselle Lili et de son cousin Lucien.

ALBUMS STAHL

PREMIER ET SECOND AGES. — JEUNES FILLES. — JEUNES GARÇONS

Albums en couleurs, dessins de FRŒLICH, FROMENT, MÉRY, GEOFFROY, TINANT, BECKER, etc.

PRIX : *Cartonnés,* 1 fr.

' UN COLIN-MAILLARD ACCIDENTÉ.
UN DÉJEUNER SUR L'HERBE.
AUTOUR D'UN CERISIER.
: LES DEUX FRÈRES DE Mlle LILI.
LE BERGER RAMONEUR.
ROBINSON CRUSOÉ.
LE PLAT MYSTÉRIEUX.
TAMBOUR ET TROMPETTE.
LES CHAGRINS DE DICK.
LES ANIMAUX DOMESTIQUES.
UNE MAISON INHABITABLE.
L'HOMME A LA FLUTE.
L'ANE GRIS.
MACHIN ET CHOSE.
DU HAUT EN BAS.

LES 3 MONTURES DE JOHN CABRIOLE
UN VOYAGE DANS LA NEIGE.
DON QUICHOTTE.
LA REVANCHE DE CASSANDRE.
UNE DROLE D'ÉCOLE.
ALPHABET MUSICAL DE Mlle LILI
LA REVANCHE DE FRANÇOIS.
LES PÊCHEURS ENNEM...
LA LEÇON D'ÉQUITATION.
GULLIVER.
M. DE CRAC.
LA PÊCHE AU TIGRE.
MÉTAMORPHOSES DU PAPILLON.
LE POMMIER DE ROBERT.
LE CIRQUE A LA MAISON.

CHANSONS ET RONDES
DE L'ENFANCE
SUR LE PONT D'AVIGNON.
LA MÈRE MICHEL.
LA MARMOTTE EN VIE.
NOUS N'IRONS PLUS AU BOIS.
M. DE LA PALISSE.
LE ROI DAGOBERT.—MALBROUGH.
GIROFLÉ, GIROFLA.
LA TOUR, PRENDS GARDE.
LA BOULANGÈRE A DES ÉCUS.
IL ÉTAIT UNE BERGÈRE.
CADET ROUSSEL.
AU CLAIR DE LA LUNE.
COMPÈRE GUILLERI.

Albums en noir de 24 à 28 dessins. — Prix : *Cartonnés,* 2 fr.; *Toile dorée,* 4 fr.

DESSINS DE FRŒLICH

Les trois chiens de Mlle Lili.
Maman en voyage.
La Vocation de Jujules.
La Mère Bontemps.
Papa en voyage.
Une grande journée de Mlle Lili.
Mlle Lili aux Champs-Elysées.
Mademoiselle Lili à Paris.

Première chasse de Jujules.
Les petits Bergers.
Pierre et Paul.
La Poupée de Mademoiselle Lili.
Mademoiselle Lili en Suisse.
La journée de Monsieur Jujules.
La Fête de Papa.
Un drôle de Chien.

Alphabet de Mademoiselle Lili.
Arithmétique de Mademoiselle Lili.
Cerf-Agile.
Le petit Diable.
L'A perdu de Mademoiselle Babet.
La Grammaire de Mlle Lili (J. MACÉ).
Caprices de Manette (De Channerlières)
La Journée de Mademoiselle Lili.

DESSINS DE FROMENT.

' Michel et Suzon.
Scènes familières. — Petites Tragédies.

Nouvelles scènes familières.
Nouvelles petites Tragédies.

Le petit Escamoteur.
Le petit Acrobate.

BECKER.—Alphabet des Oiseaux.
— Alphabet des Insectes.
DÉTAILLE. — Les bonnes idées de Mlle Rose.
FATH. — Le Docteur Bilboquet. — Jocrisse et sa Sœur.
GEOFFROY. — Proverbes en action. — L'âge de l'École.—
Le Paradis de M. Toto. — Fables de La Fontaine en action.
GRISET. — Découverte de Londres.

A. HUMBERT. — Le roi des Pingouins.
JUNDT. — L'École buissonnière et ses suites.
LALAUZE. — Le Rosier du petit Frère.
E. LAMBERT. — Chiens et Chats.
MÉAULLE. — Robinsons de Fontainebleau.
PIRODON. — Histoire de Bob ainé.
TH. SCHULER. — Les travaux d'Alsa.

Albums gr. in-8° de 32 à 100 dessins. — PRIX : *Cartonnés,* 3 fr.; *Toile dorée,* 5 fr.

Dessins de FRŒLICH.
Voyage de Mlle Lili autour du Monde.
La Révolte punie. id.
Voyage de Découvertes de Mlle Lili. id.

GRISET. — Métamorphoses de Pierre.
FROMENT. — La chasse au Volant.
CHAM. — L'odyssée de Pataud.
TH. SCHULER. — 1er Livre des petits Enfants.

PETITE BIBLIOTHÈQUE BLANCHE

Volumes gr. in-16 illustrés. — Prix : *Brochés,* 1 fr. 50; *Cartonnés toile genre aquarelle,* 2 fr.

ALDRICH. — Un écolier américain.
AUSTIN. — Boulotte.
DE BEAULIEU. — Mémoires d'un passereau.
BENTZON. — Yette.
BERTIN (M.). — Les Douze. — Les deux côtés du Mur.
— Voyage au pays des défauts.
BIGNON. — Un singulier petit Homme.
BRÉHAT (DE). — ' Aventures de Charlot et de ses sœurs.
CHATEAU-VERDUN (DE). — M. Roro.
CHERVILLE (DE). — Histoire d'un trop bon Chien.
CRÉTIN-LEMAIRE. — Le livre de Trotty.
DICKENS (Ch.). — L'Embranchement de Mugby.
DIKNY (F.). — La Patrie avant tout.
DUMAS (A.). — La Bouillie de la comtesse Berthe.
DUPIN DE SAINT-ANDRÉ (F.). — ' Le petit Jean.
FEUILLET (Octave). — La Vie de Polichinelle.
GENIN (M.). — Un petit Héros. — Les Grottes de Plémont.
GIRON (Aimé). — ' La Famille de la Marjolaine.
LA BÉDOLLIÈRE (DE). — La Mère Miche! et son Chat.

LEMONNIER. — Bébés et Joujoux.
— Histoires de huit Bêtes et d'une Poupée.
— Les Joujoux parlants.
LERMONT. — Mes Frères et moi.
LOCKROY (S.). — Les Fées de la Famille.
MARSHALLS. — Le petit Jack.
MAYNE-REID. — Exploits des jeunes Boërs.
MULLER. — Récits enfantins.
MUSSET (P. DE). — M. le Vent et Mme la Pluie.
NODIER (Ch.). — Trésor des Fèves et Fleur des Pois.
OURLIAC (E.). — le prince Coqueluche.
PERRAULT (P.). — Les Lunettes de Grand'Maman.
— Les Exploits de Mario.
SAND (George). — Gribouille.
SPARK (E.). — Fabliaux et Paraboles.
STAHL (P.-J.). — Les Aventures de Tom Pouce.
— Le sultan de Tanguik.
STAHL ET WAILLY. — Contes de la tante Judith.
VERNE (J.). — Un hivernage dans les Glaces.

MAGASIN ILLUSTRÉ D'ÉDUCATION ET DE RÉCRÉATION

COURONNÉ PAR L'ACADÉMIE FRANÇAISE
Fondé par P.-J. STAHL en 1864
DIRECTEURS : JULES VERNE, J. HETZEL
Abonnement d'un an : Paris, 14 fr ; Départements, 16 fr.; Union postale, 17 fr.

Imprimé en France
FROC030043250919
22241FR00010B/304/P